AF401140

AMOUR ET MYSTÈRE,

OU

LEQUEL EST MON COUSIN?

COMÉDIE EN UN ACTE,

MÊLÉE DE VAUDEVILLES,

PAR M. JOSEPH PAIN.

Représentée, pour la première fois, à Paris, sur le théâtre du Vaudeville, le 10 janvier 1807.

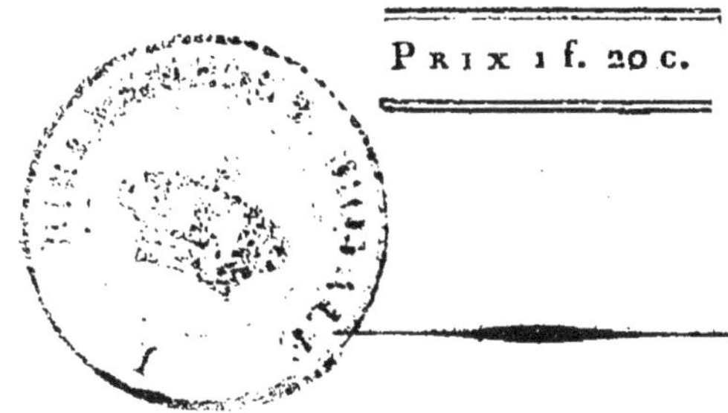

PRIX 1 f. 20 c.

A PARIS,

Chez BARBA, Libraire, Palais du Tribunat, derrière le théâtre Français, n°. 51.

1807.

PERSONNAGES.	ACTEURS.
Angélina D'HÉRIGNY.	Mme. *Hervey.*
VICTOR.	M. *Henri.*
FÉLIX.	M. *Julien.*

La scène est au château d'Angélina, aux environs de Lyon.

COUPLET D'ANNONCE.

Air : *Vaud. de l'Avare et son Ami.*

Ce soir l'actrice, au Vaudeville,
Dira : *Lequel est mon cousin ?*
Nos belles dames, par la ville,
Ont toujours quelque beau cousin.
Sur votre indulgence l'on fonde
Les succès de plus d'un cousin ;
Qu'ici l'auteur, notre cousin,
Soit le *Cousin de tout le monde.*

AMOUR

ET MYSTÈRE,

OU

LEQUEL EST MON COUSIN?

Le théâtre représente un appartement de vieux château ; une porte de fond, deux portes latérales, donnant entrée à deux chambres ; au-dessus de l'une d'elles, un œil de bœuf ; deux tableaux de chaque côté de la porte du fond, dont l'un masque une porte ; une table et ce qu'il faut pour écrire.

SCENE PREMIERE.

ANGÉLINA, *une lettre à la main ; elle s'arrête à la porte du fond, et est censée parler à quelqu'un qui reste en-dehors.*

LAFLEUR, c'est à merveille ! je suis très-contente. Retirez-vous maintenant, et prenez bien garde qu'on ne vous apperçoive. (*Elle va écouter à la porte du cabinet à gauche.*) Point de bruit dans la chambre de Victor. (*Elle va à l'autre.*) Même silence dans celle de Félix... Ils dorment ... Allons, Angélina, encore une folie, une aventure romanesque... un mariage peut-être ; mais moins disproportionné, et beaucoup plus gai que celui que tes parens te firent contracter, et dont la mort a brisé la chaîne.

Air : *Ne crois plus à mon trépas.* (De la belle Marie.)

Un lien triste et bourgeois,
Un hymen de convenance,
Que dicta l'obéissance,
Que mon cœur maudit cent fois ;
S'éveiller sans jouissance,
S'endormir sans espérance,
Et du lendemain d'avance,
Craindre l'ennuyeux retour !
Il faut qu'on me dédommage ;
J'ai connu le mariage,
Je veux connaître l'amour.

Voyons le style de mon intendant : *(Lisant.)*

« Lyon.

» Madame,

» Vous ne vous étiez pas trompée ; l'un des deux
» jeunes gens, que vous avez rencontrés plusieurs
» fois à Lyon ces jours derniers, est ce cousin que
» l'on croyait mort, avec lequel vous devez parta-
» ger la riche succession que vous avez recueillie
» en Amérique. » *(S'interrompant.)* Oui, s'il de-
vient mon époux. *(Continuant.)* « L'un s'appelle
» Victor, l'autre Félix. » *(S'interrompant.)* Belle
découverte ! *(Continuant.)* « Mais je n'ai pu sa-
» voir lequel est d'Hérigny, votre parent. » *(S'interrompant.)* Maladroit ! *(Continuant.)* « Il pa-
» raît qu'ils ont des motifs de cacher leurs noms.
» Ils partent demain matin pour Paris. Ils voya-
» gent à pied ; ainsi, point de postillon à séduire ;
» Lafleur partira deux heures avant eux, les atten-
» dra sur la route, s'offrira pour les guider dans un
» chemin de traverse et les égarera à la porte de
» votre château. » Tout cela s'est fait hier soir.
Lafleur est expéditif. Il fallait les voir hésiter de
frapper à la porte pour demander asile... La porte
s'ouvre, se referme sur eux, personne chez le con-
cierge, personne dans le vestibule ; mes domestiques sont intelligens, les dispositions de ce vieux
château me favorisent, cette porte masquée doit

échapper à leurs recherches ; je puis les étonner à peu de frais, et donner quelque chose à la folie ; mais lequel est mon cousin ?... si c'était... j'en ai distingué un... Employons tout pour le savoir.

Air : *Que d'établissemens nouveaux*. (De l'Opéra-Comique.)

Du sort de mon jeune cousin,
Un testament me rend maîtresse :
D'Hérigny peut avoir ma main ,
Ou la moitié de ma richesse ;
Ce soir je lui donne en ce cas ,
Pour prendre un parti raisonnable,
Son argent, s'il ne me plait pas,
Sa cousine, s'il est aimable.

J'entends du bruit... Ils sont éveillés. *(Allant auprès de la porte à gauche, et grossissant sa voix.)* Victor !

VICTOR, *dans le cabinet.*

Un moment !

ANGÉLINA, *de même à l'autre porte.*

Félix !

FÉLIX, *dans le cabinet.*

Je suis à toi.

ANGÉLINA.

Eh ! vîte, échappons-nous. *(Elle sort par la porte du fond qu'elle ferme en dehors.)*

SCENE II.

VICTOR, FÉLIX, *paraissant chacun à la porte de sa chambre.*

VICTOR.

Tu es bien pressé.

FÉLIX.

C'est toi qui m'appelles.

VICTOR.

Non, c'est toi.

FÉLIX.

Je l'ai bien entendu.

VICTOR.

Je ne l'ai pas rêvé.

FÉLIX.

Allons, c'est encore l'esprit... le château est enchanté.

VICTOR.

Eh bien, Félix, nous désirions quelque aventure
bien romanesque, nous sommes servis à souhait.

FÉLIX.

Quelque fée aura été amoureuse de moi.

VICTOR.

Toujours de l'amour-propre.

FÉLIX.

Adieu, je vais visiter le château du haut en bas.
(*Il va à la porte.*) Victor, la porte est fermée.

VICTOR.

La fée craignait que tu ne lui fisses une infidé-
lité.

FÉLIX.

Comment, prisonniers !

VICTOR.

Cela t'effraie ?

FÉLIX.

Non ; mais j'espère qu'on ne fera pas durer
plus long-tems la plaisanterie.

VICTOR.

Pourquoi pas ? elle est fort bonne. J'aime assez
cette auberge.

FÉLIX.

Un souper délicieux.

VICTOR.

Deux couverts dans la salle à manger.

FÉLIX.

Deux chambres vis-à-vis l'une de l'autre.

VICTOR.

Mon lit est excellent.

FÉLIX.

Le mien est un vrai lit de chanoine. L'on m'attendait.

VICTOR.

On m'attendait aussi. Je l'ai consigné dans notre journal.

FÉLIX.

Tiens, j'y pensais en m'éveillant. Depuis notre
départ de Rome, nous n'avons rien écrit.

VICTOR.

C'était une lacune; qu'elle perte pour l'histoire !

FÉLIX.

Air : *J'aime ce mot de gentillesse.*

Que n'avons nous la verve heureuse,
De Chapelle et de Bachaumont !
On voit leur muse voyageuse
Presqu'au sommet du double mont ;
Ils allaient, semant à la ronde
Leurs mots piquans, leurs vers joyeux,
Et tandis qu'il couraient le monde,
La gloire courait après eux.

Et avant de t'endormir, tu as pris des notes...

VICTOR.

Au crayon. Un mot sur chaque aventure ; on
rédige après à tête reposée...

FÉLIX.

Pour la postérité. Voyons tes notes, et récapi-
tulons ensemble les faits mémorables de notre
voyage.

VICTOR, *jette de tems en tems les yeux sur le
journal, et s'interrompt.*

La curiosité nous conduisit dans cette Rome fa-
meuse, où Lucrèce fut si chaste.

FÉLIX.

Où les femmes sont si bonnes !

VICTOR.

Où Caton fut si sage !

FÉLIX.

Où nous fûmes si étourdis.

VICTOR.

Où Lucullus dînait si bien.

FÉLIX.

Où nous faisions de si maigres repas.

VICTOR.

Je le crois, les plaisirs coûtent si cher !

FÉLIX.

Et l'argent dure si peu.

VICTOR.

Nous prenions les uns...

FÉLIX.

Comme nous dépensions l'autre, sans compter.

VICTOR.

Compter !... fi donc !

Air : *Vaud. de Claudine.*

Lorsque l'on parle à la ronde
De l'ami le plus constant,
De l'ami de tout le monde,
Chacun dit que c'est l'argent;
Je pense qu'il nous faut suivre
Chez nous ce principe admis,
Or, doit-on, quand on sait vivre,
Compter avec ses amis !

FÉLIX.

L'amour des talens nous vint, quand les espèces nous quittèrent, et nous devînmes artistes d'occasion dans la capitale des arts.

VICTOR.

Triste début : l'année fut mauvaise ; la maladie du pays nous gagna ; et, laissant notre cœur à nos belles, et nos effets à nos créanciers ; jetant un dernier regard sur l'Apollon, qu'on n'y voit plus,

et sur le Capitole, qu'on y a laissé, nous quittâmes,
à cinq heures vingt-cinq minutes du matin , la ci-
devant maîtresse du monde.

FÉLIX.

Pédestrement... Oh ! vive l'économie... quand
on n'a plus rien !

Air : *De la vigne à Claudine.*

L'artiste à pied voyage,
Sans bagage
Et sans frais ,
Du moins son équipage
Ne se brise jamais ;
Il s'arrête , il avance ,
Le ciel mit par bonté
Devant lui l'espérance ,
Près de lui la gaîté.

VICTOR.

C'était là notre allure ;
Nous égarions nos pas ,
Cherchant mainte aventure,
Que nous ne trouvions pas ;
Pour la bourse commune ,
Ne craignant jamais rien ,
Et nargant la fortune...
Qui nous le rendait bien.

FÉLIX.

Nous te revoyons enfin, ô France ! ô ma patrie !
Victor, nous mettrons là une belle tirade.

VICTOR.

Oui !... *A tous les cœurs bien nés.* A peine sur
le territoire Français, un certain comte de Rinville
nous cherche une querelle d'allemand ; d'Hérigny
se bat avec lui.

FÉLIX.

Le voilà rayé du nombre des vivans.

VICTOR.

Un historien doit être véridique ; nous ne sommes pas sûrs que le comte de Rinville soit mort.

FÉLIX.

Comme tu voudras ; mais on nous poursuit ;

B

prudemment, nous ne prenons que nos noms de baptême.

VICTOR.

Et nous voyageons plus vîte.

FÉLIX.

Bientôt les ressources nous manquent.

VICTOR.

L'industrie nous reste.

FÉLIX.

Je me remets à la miniature.

VICTOR.

Je recommence mes concerts.

FÉLIX.

J'embellis toutes les femmes ; je rajeunis tous les vieillards, et l'on me cite pour la ressemblance.

VICTOR.

Je brode toutes mes ariettes ; je me perds dans les points d'orgues ; on ne reconnaît plus le chant, et l'on crie au miracle.

FÉLIX.

Nous arrivons à Lyon ; nous y restons quinze jours ; nous allons dans tous les bals, à toutes les fêtes.

VICTOR.

Nous étions en fonds ; nous voyons une femme charmante ; nous en devenons amoureux.

FÉLIX.

Elle me fait suivre.

VICTOR.

Tu ne te corrigeras pas… Elle nous fait suivre ; nous voulons nous informer d'elle ; mais elle part brusquement pour une de ses terres.

FÉLIX.

Nous partons pour Paris.

VICTOR.

A pied. L'on abrège le chemin. Un voyageur,
que nous rencontrons, s'offre de nous conduire
par un chemin de traverse, s'égare, nous égare, je
crois ; la nuit vient, et nous nous trouvons près de
ce château mystérieux.

FÉLIX, *prenant le journal.*

C'est là que finissent nos aventures.

Air : *Vaud. d'Angélique et Melcour.*

Qu'il est mince notre journal !
Vîte, mon cher, taillons nos plumes.
On paye un ouvrage assez mal,
S'il n'a pas beaucoup de volumes.
Aisément nous inventerons.

VICTOR.

Quelle est donc ici ton envie ?

FÉLIX.

Pour vivre à Paris nous vendrons
L'histoire de notre vie.

VICTOR.

Quelle folie ! n'allons-nous pas être riches ? cette
cousine d'Amérique...

FÉLIX.

Tu crois que nous toucherons la moitié de la
succession ?

VICTOR.

Ma foi...

FÉLIX.

Allons donc.

DUO de Doche.

Quoi ! nous aurons cet héritage ?

VICTOR.

Moi, je l'espère avec raison.

FÉLIX.

De la cousine , quel dommage,
Nous ignorons même le nom.

VICTOR.

Nous aurons des bijoux , des terres.

FÉLIX.

Voyage au pays des chimères.

VICTOR.

De l'argent comptant, un château ,
Que l'on sssure être fort beau.

FÉLIX.

Mon ami , tu bats la campagne.

VICTOR.

Rien n'a dérangé mon cerveau,
Tu verras un fort beau château.

FÉLIX,

Bâti tout exprès en Espagne ;
Que n'avons nous dans l'instant ,
Pour commencer le partage ,
Cinquante louis comptant
A valoir sur l'héritage !

VICTOR.

Quoi ! si peu ?

FÉLIX.

Pas davantage.

VICTOR.

Mon cher, tu serais content.

FÉLIX.

Ciuquante louis comptant
A valoir sur l'héritage.

(L'œil de-bœuf s'ouvre et l'on jette à leurs pieds une bourse. Victor la
ramasse et l'ouvre.)

Ciel ! serait-ce de l'or.

VICTOR.

C'est de l'or , voit toi-même.

FÉLIX.

Quel bonheur , cher Victor !
Ma surprise est extrême.

Ensemble.

FÉLIX.	VICTOR,
Rien n'a dérangé ton cerveau,	Rien n'a dérangé mon cerveau ,
Je ne battais point la campagne,	Je ne battais point la campagne,
Tu commence à croire au château	Tu vois bien que notre château,
Qui ne sera point en Espagne.	Mon ami, n'est point en Espagne.

VICTOR.

Que dis-tu de tout ceci?

FÉLIX.

Que l'on nous écoutait, que l'on nous veut du
bien, et qu'il faut nous en laisser faire. Je suis
notre trésorier,

VICTOR.

Soit ; mais il faut voir l'être mystérieux qui nous loge.

FÉLIX.

Et nous sommes sous clef... Victor, il me vient une idée sinistre, si l'on ne nous avait attirés ici que pour punir d'Hérigny de son duel avec le comte de Rinville.

VICTOR.

Quelle apparence ?

FÉLIX.

En tous cas, tenons nous sur nos gardes.

VICTOR.

Et surtout ne disons pas nos noms de famille.

FÉLIX, *qui est allé vers la porte du fond.*

Victor, la porte vient de s'ouvrir... Adieu, je vais visiter le château. Je commencerai par la salle où nous trouvâmes un si joli souper dont mon estomac ne se souvient presque plus. Viens-tu avec moi ?

VICTOR.

Non : je te rejoindrai.

FÉLIX.

Quand tu voudras. *(Il sort.)*

SCENE III.

VICTOR.

Je ne puis revenir de mon étonnement ; quelle est la maîtresse de ce château, car je gagerais que c'est une femme. Si c'était celle de Lyon... Quelle idée ! elle n'aura pas fait attention à nous. Si c'est elle pourtant, et si elle m'écoutait... tant mieux... Adressons lui quelques mots... mais je ne sais pas son nom.

UNE VOIX.

Angélina.

VICTOR.

Qu'entends - je ! Angélina, quelle jolie voix !
quel joli nom !

Air : *Joli portrait*. (du Jaloux malade.)

Angélina...
Angélina...
Sans doute c'est cela,
Je le crois, oui, voilà
Le nom qu'on lui donna ;
Je veux ici que son amant
Le dise à tout moment, .
Et que du sentiment
Il soit l'interprète charmant.
Ah ! dans ma pensée,
De la peindre empressée,
Son image tracée
Venait me charmer ;
Ma bouche fidèle
Voulait parler d'elle,
Je l'appellais belle,
C'était la nommer.
Au gré de mes vœux,
Ah ! dans ces lieux
Elle est peut-être ;
Mais, hélas ! pourquoi
Se cache-t-elle ici de moi ?
Quel est mon chagrin ?
Je veux envain
La voir paraître ;
Mais je sais son nom.
Fesons une invocation.
Angélina...
Angélina...
L'amour,
Dans ce séjour,
Voulut guider mes pas,
Ah ! ne nous fuyez pas.
Montrez-vous donc un seul moment,
Venez, objet charmant,
Recevoir le serment
D'un amant
Qui jamais ne ment.

Point de réponse... Angélina... belle Angélina...
elle n'y est plus. Cherchons dans tout le château...

Allons rejoindre Félix. *(Il se trouve près de la fe-nêtre.)* Eh ! mais je l'apperçois... Félix ! Félix !... que vois-je ? une robe flottante... c'est une femme... elle fuit... Félix court après elle... Un moment, et moi donc ! *(il sort précipitamment.)*

SCENE IV.

ANGÉLINA, *entrant par la porte masquée.*

A merveille ! ma femme-de-chambre exécute fort bien mes ordres. Poursuivez là, Messieurs... elle a la clef des bosquets ; d'ailleurs c'est une femme qui ne se laisse jamais attraper... c'est un sujet rare... J'ai tâché d'écouter leur conversation, mais j'en ai beaucoup perdu, et je ne suis pas plus avancée ; lequel est mon cousin ? Ils lisaient quelque chose. *(Elle va prendre sur la table le papier que Félix y a mis.)* Le voici : *(Elle lit.)* Journal de voyage... Ah ! c'est cela. *(Elle parcourt le papier.)* Que de folies ! j'ai entendu celles là. *(Elle retourne la feuille et lit.)* Un duel de d'Hérigny avec le comte de Rinville ! mais toujours mon refrain, lequel est d'Hérigny... je le saurai ; excellente idée ! mon costume d'officier, une nouvelle instruction à mes invisibles domestiques, grand fracas dans la cour, entrée magnifique.

Air de Doche.

Vers le temple de l'hymen ,
Je vais en pélerinage ,
Le caprice est du voyage ,
Et m'indique le chemin.
Grâce au guide que j'écoute ,
Je prends le plus long sans doute ;
Mais le plaisir de ma route ,
   Aura seul fait tous les frais.
   Avant l'hymen que je brigue ,
   Amusons nous d'une intrigue
   Pour n'en plus avoir après.

Allons nous métamorphoser... Ah ! j'oubliais, et mon portrait... *(Elle le tire de son sein et le pose sur la table.)* Est-ce à Victor, est-ce à Félix... j'aimerais bien mieux que ce fut... Allons, *(elle met un papier dessus le médaillon, elle écrit en parlant.)* à l'un de vous deux. Voyons si l'amour ou le hasard le fera parvenir à sa véritable adresse... On vient... vîte à ma toilette. *(Elle entre par la porte masquée.)*

SCENE V.
FÉLIX, peu après VICTOR.

FÉLIX.

En vérité cette femme là a des aîles ; je suis tout essoufflé... Eh bien, as-tu été plus heureux que moi ?

VICTOR.

Laisse moi reprendre haleine. Ah ! mon dieu, quelle femme !

FÉLIX.

Attalante ne courait pas si vîte.

VICTOR.

Et nous n'avions pas de pommes d'or pour retarder sa course.

FÉLIX.

Au moins si elle s'était retournée.

VICTOR.

Dix fois je me suis vu près d'elle.

FÉLIX.

Moi j'ai été au moment de la joindre.

VICTOR.

Mais elle disparaissait tout-à-coup.

FÉLIX.

Elle se dérobait à mes regards sans que je pusse deviner l'endroit où elle se cachait.

VICTOR.

Félix, je crois qu'on se moque de nous.

FÉLIX.

Franchement, j'en ai peur.

VICTOR.

La fée aura su que tu étais avantageux, et elle veut te donner une leçon.

FÉLIX.

Mais toi, feu Céladon, pourquoi te faire partager ma disgrace?

VICTOR.

Voilà ce que c'est que d'être en mauvaise compagnie.

FÉLIX.

Ce qui me fâche le plus, c'est de n'avoir rien trouvé dans cette jolie salle à manger, qui était si bien garnie hier.

VICTOR.

Nous sommes au moins sûrs qu'il y a une femme dans ce château.

FÉLIX.

Je sais son nom.

VICTOR.

Moi aussi.

FÉLIX.

Juliette.

VICTOR.

Non, Angélina.

FÉLIX.

Dans le parc j'ai entendu prononcer le nom de Juliette.

VICTOR.

Ici, l'on m'a dit celui d'Angélina.

FÉLIX.

Elle sont deux. C'est charmant.

VICTOR.

Arrangeons nous : à moi Angélina.

C

FÉLIX.

A moi Juliette, point de rivalité; l'amour n'aura rien à démêler avec l'amitié.

VICTOR.

A merveille. Il ne s'agit plus que de voir nos belles fugitives.

FÉLIX.

Cours après elles, si tu veux; moi, mon avis est d'attendre. On ne tardera sans doute pas à nous mettre à quelque nouvelle épreuve.

VICTOR.

Attendons, soit.

FÉLIX.

Tandis qu'on nous laisse un moment de repos, j'ai envie de consigner dans notre journal les événemens de la matinée.

VICTOR.

Bonne idée.

FÉLIX, *allant vers la table.*

Je me sens une verve... Que vois-je? Victor! un portrait! *(Il le prend ainsi que le papier et l'apporte sur le devant de la scène.)*

VICTOR, *le regardant.*

Que dis-tu? ma foi, oui. Eh! mais tu ne le reconnais pas?

FÉLIX.

Point du tout.

VICTOR.

C'est la dame de Lyon.

FÉLIX.

Oui... il y a bien quelque chose.

VICTOR.

Mais, est-ce Juliette? est-ce Angélina?

FÉLIX.

Qu'importe, nous le saurons plus tard; ce qu'il y a de certain, c'est que la dame de Lyon est une des deux, que j'ai eu le bonheur de lui plaire et qu'elle me donne son portrait. *(Il le met dans sa poche.)*

VICTOR.

Un moment, il m'appartient comme à toi.

FÉLIX.

Je l'ai trouvé le premier.

VICTOR.

Je prétends l'avoir.

FÉLIX.

Voici mes droits :

Air : *Je suis colère et boudeuse.* (des Deux Pères.)

Pour moi, je sais le mieux plaire.

VICTOR.

Moi, je sais aimer le mieux.

FÉLIX.

Je suis le plus téméraire.

VICTOR.

Je suis le plus amoureux.

FÉLIX.

Je me vante que personne
Plus que moi n'eut de portraits.

VICTOR.

Si quelquefois l'on m'en donne,
Je ne m'en vante jamais.

FÉLIX.

J'en ai la plus grande envie ,

VICTOR.

Je le veux avec ardeur ,

FÉLIX.

Pour orner ma galerie.

VICTOR.

Pour le cacher sur mon cœur.

FÉLIX.

Il me manquait une brune.

VICTOR.

Qui long-tems te manquera.

FÉLIX.

Mais l'amour m'en devait une.

VICTOR.

L'amitié te la prendra.

FÉLIX.

La belle m'a vu , je gage ,
Au travers de la cloison.

VICTOR.

Pour te donner un tel gage ,
Ce n'est pas une raison.

FÉLIX.

Qu'importe qu'elle me fuie,
Ce retard n'est plus fatal ,
C'est en gardant la copie,
Que j'attends l'original.

Ensemble.

FÉLIX.   VICTOR.

Oui , j'attends l'original.   Je vois un original.

VICTOR.

Mais ce papier l'enveloppait.

FÉLIX.

Voyons... *(il lit.) A l'un de vous deux.* Il est clair qu'il est pour moi.

VICTOR.

Mais je crois que je suis l'un de nous deux.

FÉLIX.

Tiens , ne nous brouillons pas ; elle seule peut décider la querelle ; elle nous écoute peut être ; prions la de venir prononcer.

VICTOR.

Volontiers.

FÉLIX.

Air : *Vaud. de la belle Marie.* (de Doche.)

Belle aux galans mystéres ,
Viens dire ton secret ;
Celui que tu préfères
Doit garder ton portrait.
A certain bal je me rappelle ,
Qu'auprès d'elle j'étais placé.

VICTOR.

Pour intéresser cette belle,
Avec elle moi j'ai dansé.

FÉLIX.

Avec elle moi j'ai valsé.

Ensemble.

Belle aux galans mystères, etc.

FÉLIX.

Pour moi son regard était tendre.

VICTOR.

Sous mes doigts a frémi sa main.

FÉLIX.

On a voulu me faire entendre
Qu'on a pas un cœur inhumain.

VICTOR.

Tout bas on m'a dit à demain.

Ensemble.

Belle aux galans mystères,
Viens dire ton secret ;
Celui que tu préfères
Doit garder ton portrait.

(L'on entend claquer un fouet, Félix court à la fenêtre.)

FÉLIX.

Qu'entends-je ? Victor... Il nous arrive compagnie.

VICTOR.

Est-elle nombreuse ?

FÉLIX.

Un seul homme.

VICTOR.

J'aimerais mieux que ce fût une femme.

FÉLIX.

Un officier... il descend de cheval, il a tout-à-fait bonne mine. *(il salue.)*

VICTOR.

Que fais-tu donc là ?

FÉLIX.

Je lui rends son salut. *(parlant à la fenêtre.)* Oui, Monsieur, l'escalier à gauche. *(revenant sur le devant de la scène.)* Il est fort joli garçon.

VICTOR.

Tant pis.

FÉLIX.

Bah ! c'est un tout jeune homme ; quant à moi, je n'ai pas grand chose à craindre.

VICTOR.

Je le sais bien ; mais moi, je ne suis pas si tranquille. Il faut l'éconduire.

FÉLIX.

Quelle timidité ! un moment. Je l'entends, voyons ce rival si redoutable.

SCENE VI.

LES PRÉCÉDENS, ANGÉLINA, *en officier.*

ANGÉLINA.

Eh ! quoi pas un seul domestique, personne... Ah ! Messieurs, je vous salue ; c'est sans doute aux maîtres du château que j'ai l'honneur de parler ? Je me nomme le capitaine Forcemont, ami de tous les arts, partisan de tous les plaisirs, militaire par goût, voyageant pour me distraire et charmé de faire votre connaissance.

VICTOR.

.Soyez le bien venu, capitaine ; mais nous devons vous apprendre...

ANGÉLINA.

Mais c'est un désert que votre château. Comment, il faut arriver jusqu'au salon pour voir un être vivant ! Je pars de Lyon ce matin, je rencontre sur ma route un homme assez causeur, nous cheminons, le soleil nous incommodait ; mon voyageur me propose de gagner la forêt ; après quelques heures de marche nous nous trouvons, ou plutôt je me trouve auprès de votre château, car mon homme avait disparu ; j'ignore le chemin, je suis fatigué, et viens vous demander une généreuse hospitalité.

FÉLIX.

Votre aventure est la nôtre, capitaine, nous ne sommes pas les maîtres du château, nous l'habitons depuis hier soir, et, à l'exception du cheval dont je viens de vous voir descendre, nous avons été amenés ici de la même manière.

ANGÉLINA.

En vérité! mais cela tient du roman!

VICTOR.

Aussi, depuis que nous y sommes, nous ne savons encore que penser de ce mystérieux asile.

ANGÉLINA.

Du mystère, du bisarre... c'est charmant, c'est mon étoile qui m'a conduit dans ces lieux.

Air : *De la Villageoise*. (contredanse.)

Vive le merveilleux,
Le miraculeux,
Les faits romanesques !
Ah ! loin de nous surtout,
Ces plaisirs sans goût,
Qu'on a partout.
Il faut des incidens,
Des accidens,
Des scènes burlesques,
De ces traits imprévus
Qu'on n'a point vus,
Qu'on ne croit plus.
Je veux à chaque pas,
Sans embarras,
D'aimables surprises,
Des méprises
Où l'art
Ait moins de part
Que le hasard.
Un bonheur éternel,
Tout naturel,
Est fade
Et maussade,
L'ennui vient nous saisir,
On doit réveiller le plaisir.

Ainsi, Messieurs, nous courrons ensemble les mêmes aventures.

FÉLIX.

Il paraît que ces dames veulent faire une collection de jeunes gens aimables.

ANGÉLINA.

Il y a des femmes ici ?

VICTOR.

Nous ne les avons pas encore vues ; à peine savons-nous leur nom.

ANGÉLINA.

Et vous êtes dans ce château depuis hier ? ah ! Messieurs, je vous aurais cru plus d'adresse ! c'est donc à moi qu'est réservé l'honneur de vous les faire connaître. Vous les nommez ?

FÉLIX.

Juliette et Angélina.

ANGÉLINA.

Cela suffit, je vais à la découverte, et je les amène ici dans l'instant.

VICTOR.

Un moment, capitaine, elle ne sont que deux, et nous sommes les premiers venus.

ANGÉLINA.

Rassurez-vous, Messieurs ; il m'est impossible d'être votre rival. J'avouerai, cependant, que par fois l'on m'adressa des hommages ; j'ai fait même des passions ; mais aucune femme ne peut se vanter d'avoir reçu de moi la moindre déclaration... D'ailleurs...

Air : *Au milieu du désordre affreux.*

L'amour est, vous en conviendrez,
La plus grande folie.

FÉLIX.

Au moins, monsieur, vous avouerez,
Que c'est la plus jolie.

VICTOR.

Chacun à l'amour,

Offre tour-à-tour
Ses vœux et ses hommages ;
Selon vous ;
Si tous
Les amans sont fous ,
Existe-t-il des sages !

ANGÉLINA.

Mais cela ne prouve rien.

Air :

La folie a plus d'un masque ,
De nos goûts prend la couleur,
L'une est bisarre et fantasque,
L'autre de chagrine humeur.
J'ai la mienne ; elle consiste
A rire en toute saison ,
Si la folie était triste ,
Autant vaudrait la raison.

FÉLIX.

C'est comme moi.

Air de Jadin.

Voici le train de ma vie ,
Je fais à chaque moment
Le mal par étourderie
Et le bien par sentiment.
Le ciel m'a fait bon, honnête :
Mais, de trop légère humeur :
Il a commencé ma tête ,
Et n'a fini que mon cœur.

ANGÉLINA.

A merveille... je vous crois sur parole. *(à part.)* Attaquons leur amour-propre. *(haut.)* J'ai toujours eu une estime particulière pour les étourdis ; jamais je n'ai manqué l'occasion de me rapprocher d'eux , et ce qui me fait le plus de peine dans mes voyages, c'est d'être arrivé dernièrement à Rome deux jours trop tard.

FÉLIX et VICTOR.

A Rome !

ANGÉLINA.

Voyez si ce n'est pas jouer de malheur. Deux

D

Français de cet aimable caractère en étaient partis
la veille de mon arrivée, deux artistes, l'un pein-
tre, l'autre musicien. On m'en parla beaucoup.

VICTOR, *bas à Félix.*

Prenons garde à nous.

ANGÉLINA, *avec intention.*

Ils avaient laissé dans cette capitale du monde
des souvenirs... les femmes surtout...

FÉLIX, *avec satisfaction.*

Les femmes, dites vous?

ANGELINA.

Oui, elles en parlaient avec une sensibilité......

FÉLIX.

Cela m'étonne peu.

VICTOR, *bas à Félix.*

Tais toi donc.

FÉLIX, *bas à Victor.*

Des femmes... il n'y a pas de danger.

ANGÉLINA.

Toute la ville s'en occupait...

Air : *On ne rit plus, on ne boit guères,*
ou *Pour vous faire entrer en ménage.* (de Scarron.)

> Pour eux point de femmes sévères ,
> Contr'eux plus d'un mari brutal ,
> A deux sentimens bien contraires
> Leur départ donna le signal.
> On en parlait d'un air affable,
> Ou l'on maudissait leur séjour,
> Et, tour à tour,
> On espérait, on craignait leur retour;
> Je les ai vus donner au diable,
> Et recommander à l'amour.

FÉLIX.

Eh bien ! voilà mot à mot ce que je me disais...
capitaine, parmi les belles qui espéraient leur retour, on remarquait sans doute la signora Camilla?

(Victor fait signe à Félix de se taire.)

ANGÉLINA.

Justement ; elle était au désespoir.

FÉLIX.

Probablement la belle Stéphani ?

ANGÉLINA.

Désolée.

FÉLIX.

Surtout l'aimable Lesbina ?

ANGÉLINA.

Inconsolable.

FÉLIX.

J'en étais sûr. Charmantes femmes, que de pleurs nous vous avons fait répandre !

VICTOR, *à part.*

L'imprudent !

ANGÉLINA.

Comment, vous seriez...

FÉLIX.

Eh ! oui, capitaine, consolez vous d'être arrivé à Rome deux jours trop tard. Ces jeunes artistes que vous vouliez y connaître, qui ont laissé dans cette capitale du monde le souvenir de leurs galants exploits, vous les voyez.

ANGÉLINA.

Ah ! Messieurs, que je rends grâce au hasard de m'avoir conduit dans ce château pour y rencontrer des illustres comme vous, des gens dont la réputation...

VICTOR.

Trop de bonté, d'honneur.

ANGÉLINA.

Mais si je me souviens bien de ce qu'on m'a dit à Rome, l'un de vous deux, soit dit sans déplaire à l'autre, l'emportait sur son ami par le nombre de ses victoires, la rapidité de ses conquêtes.

FÉLIX.

C'est moi...!

ANGÉLINA.

On le nommait, je crois, attendez...d'Hérigny...
(mouvement de Victor et de Félix.) Vous gardez
le silence?

VICTOR.

Mon ami a trop de modestie pour se vanter à
mes dépens, et moi trop de discrétion pour lui
ravir une partie de sa gloire.

ANGÉLINA.

En ce cas, monsieur d'Hérigny...

VICTOR, *avec dignité.*

Est l'un de nous deux, capitaine.

ANGÉLINA.

Pardon, je ne veux pas être indiscret; je vous
avouerai cependant que j'ai, pour le connaître,
des motifs qui doivent flatter son amour - propre.
J'ai, de par le monde, une sœur fort jolie qui, trop
sensible peut-être au mérite de M. d'Hérigny, a su
qu'il allait à Paris et m'a chargé de prendre sur
lui des informations, de voir s'il est digne de l'estime toute particulière qu'il a inspirée.

FÉLIX, *bas à Victor.*

C'est une bonne fortune.

VICTOR, *bas à Félix.*

C'est un piège.

ANGÉLINA.

Les apparences sont favorables à tous les deux;
mais ne pourrais-je savoir...

VICTOR.

Vous oubliez, capitaine, que vous vous êtes
vanté de nous amener les invisibles du château.

ANGÉLINA, *à part.*

Changeons de batterie. *(haut.)* Eh bien, c'est

(29)

envain que vous prétendez me cacher d'Hérigny ;
si la ruse ne me l'a pas fait découvrir, j'espère
que l'honneur va le faire nommer : connaissez-
moi, Messieurs ; je ne suis point le capitaine Forcemont, mais le chevalier de Rinville.

VICTOR et FÉLIX, *à part.*

De Rinville !

ANGÉLINA.

Ce nom vous rappelle **un homme que d'Hérigny
tua dans un combat singulier ; je suis venu venger
mon parent. Répondez, quel est le meurtrier ?

VICTOR et FELIX, *spontanément.*

C'est moi.

ANGÉLINA.

Encore, Messieurs?

FÉLIX.

Oui, capitaine, c'est nous.

Air : *Fille à qui l'on dit un secret.*

Chacun sait que tout est commun
Entre deux amis véritables ;
Tous les deux nous ne faisons qu'un
Et nous sommes inséparables.

ANGÉLINA.
Eh ! quoi ! vous seriez parens ?
FÉLIX.
                    Non.
L'amitié fait notre alliance ;
Mais nous avons tous deux le nom
De celui des deux qu'on offense.

ANGÉLINA, *à part.*

Me voilà bien avancée. *(haut.)* Eh bien, Messieurs, c'est donc sur vous deux que je vais exer-
cer ma vengeance. J'ai apporté des armes....
(à part.) qui ne blesseront personne... *(haut.)* Je
suis seul... vous avez sans doute trop de loyauté...

FÉLIX.

L'un de nous vous suivra, capitaine.

ANGÉLINA.

Choisissez qui de vous aura l'honneur de me combattre le premier; je vous attends là-bas. *(à part.)* Encore une petite promenade. *(haut.)* Un coup d'arme à feu vous donnera le signal du combat; par un autre, j'annoncerai à celui qui sera resté la défaite de son ami, et je crois qu'il n'attendra pas long-tems.

VICTOR.

Capitaine !

ANGÉLINA.

Non, j'ai le malheur d'être heureux dans tous mes duels, et je suis fâché pour vous que le sort vous ai désignés comme victime ; à peine si mon amour-propre daignera compter un triomphe aussi facile.

FÉLIX.

Capitaine !

ANGÉLINA.

Aïr : *Vaud. du Méléagre Champenois.*
Je vois ici vos justes allarmes,
De ce combat seul j'aurai tout l'honneur,
Les plus vaillans m'ont rendu les armes,
Tous d'une voix m'ont proclamé vainqueur.

VICTOR.
Dans un moment nous saurons bien rabattre
D'un fanfaron le petit air mutin.

ANGÉLINA.
Vous ignorez qui vous allez combattre.

FÉLIX.
Nous le saurons les armes à la main.

Ensemble.

ANGÉLINA.	VICTOR, FÉLIX.
Je vois ici, etc	Vous ne pouvez inspirer d'allarmes,
	Quand on menace à coup sûr on a
	peur,
	C'est vous ici qui rendrez les armes,
	L'un de nous deux sera votre vain-
	queur.

(Angélina sort par la porte du fond.)

SCENE VII.
VICTOR, FÉLIX.

VICTOR.

Quelle insolence !

FÉLIX.

Il mérite une bonne leçon.

VICTOR.

Qu'il me tarde de la lui donner !

FÉLIX.

Un moment.

Air : *De la Fausse Magie.*

Je veux d'abord le combattre.

VICTOR.

Non, c'est moi.

FÉLIX.

C'est moi, c'est moi.

VICTOR.

Le premier, je veux me battre.

FÉLIX.

Non, c'est moi.

VICTOR.

C'est moi, c'est moi.

Ensemble.

Je dois l'emporter sur toi.

VICTOR.

Air : *Vaud. de Jean Monet.*

Ne hasarde
Rien, prend garde,
La valeur a ses excès,
Reste dans l'arrière garde,
Tu combatteras après ;
Mais,
Au succès
Des Français,
Maint observateur observe
Que le quartier de résesve
Ne donne presque jamais.

FÉLIX.

Comment, ne croirais-tu pas à mon courage ?

VICTOR.

Autant qu'à ton amour-propre.

FÉLIX.

Eh bien, je veux que l'un me donne des droits à l'autre.

VICTOR.

Air : *De la petite Thérèse.*

Témoin de notre querelle,
Chacun dirait qu'entre nous,
Il s'agit de quelque belle,
Non, d'un pareil rendez-vous.
A quoi bon tant nous débattre ?
L'un des deux commencera ;
Surtout n'allons pas nous battre,
Pour savoir qui se battra.

Adieu, Félix, je vais devancer le moment du combat.

FÉLIX, *courant après lui.*

Tu ne sortiras pas... examinons nos titres. D'abord je suis le plus étourdi.

VICTOR.

Je suis le plus entêté.

FÉLIX.

D'ailleurs, ce duel est ma faute, ce diable d'homme qui vient nous parler de nos succès amoureux.

VICTOR.

Il t'a pris par ton faible.

FÉLIX.

Et mon indiscrétion lui a dit qui nous sommes.

VICTOR.

Il le savait d'avance ; son plan était fait.

FÉLIX.

C'est égal, j'ai eu tort, et je veux m'en punir.

VICTOR.

Eh bien, que le sort en décide.

FÉLIX.

Le sort !

VICTOR.

Donne moi la bourse.

FÉLIX.

Tu le veux absolument. *(il lui donne la bourse, Victor met quelques pièces dans sa main.)* Allons, la voilà, fais bien tes réflexions.

VICTOR.

Devine.

FÉLIX.

Le nombre favori des dieux, impair.

VICTOR, *ouvrant la main.*

J'ai gagné. La fortune ne t'est pas fidelle.

FÉLIX.

C'est la première femme qui m'ait trahi.

VICTOR.

Ce ne sera pas la dernière.

FÉLIX.

Je la ferai rougir de son injustice.

VICTOR.

Et moi je lui bâtirai un temple, quand j'aurai de l'argent.

Air : *Du pas redoublé.*

Notre ennemi bientôt saura
  Quel courage est le nôtre ;
Il espère qu'il nous verra
  Tous deux l'un après l'autre.
    (On entend un coup de pistolet.)
Au combat l'on vient m'inviter,
  Là bas il faut me rendre,
Attends moi, je vais t'éviter
  La peine de descendre.   *(il sort.)*

SCENE VIII.

FÉLIX.

Et l'honneur m'empêche de le suivre !... Pauvre Victor ! maudit château !... Que faire ? attendre... Attendre !... quand je frémis d'impatience ! quand mon ami, par ma faute... Mais, non, il l'a dit lui-même, tout était préparé. Ce château est habité par la famille de Rinville ; elle veut venger sur nous... *(il va à la fenêtre.)* Je n'apperçois rien... Ils se battent dans le parc sans doute... Heureusement Victor est brave... et ce capitaine n'a pas l'air dangereux. D'ailleurs, si mon ami succombe, ne suis-je pas là pour le venger ?... Belle consolation pour lui !... Me voilà bien guéri des aventures *(il s'assied auprès de la table.)* et des voyages. Voici notre journal : il me prend envie de le mettre en pièces... Non, écrivons ; j'ai de l'humeur, c'est tout ce qu'il faut pour un journal. *(il écrit.)* Situation pénible... catastrophe imprévue... chapitre pathétique. *(On entend des éclats de rire dans le cabinet voisin.)* Que veut dire ceci ? *(Il va écouter en cherchant.)* Que signifient ces éclats de rire ?... Eh ! parbleu, que c'est un nouveau tour qu'on nous joue, et que Victor ne se bat point... Mais, qui peut ainsi se moquer de moi !... C'est sans doute une de nos dames... Tâchons, en piquant son amour-propre, de la déterminer à paraître.

Air fragment du rondeau de l'Intrigue aux Fenêtres.

Invisible inhumaine,
Qui riez de ma peine,
Tous vos détours,
Vos malins tours,
N'ont rien qui me désole.
Si de vous voir
On perd l'espoir,
Ici l'on se console.

Sans voir vos traits ,
Je vous pourrais
Soupçonner peu d'attraits ;
Si par bonheur ,
C'est une erreur ,
I' est de votre honneur
De venir sous les armes
Faire briller vos charmes.
A vos appas ,
Je ne crois pas
Quand votre résistance
Craint les hasards
De nos regards ,
Ce n'est que par prudence.
Chez les Français
Belle jamais
N'a pour nous de secrets ;
On offre aux yeux
Des curieux
Ce que l'on a de mieux.
Oui , quand vous vous cachez de nous ,
Tout me dit qu'injuste envers vous ,
La nature cruelle
Ne vous a pas fait belle.

Point de réponse... j'ai peut-être dit la vérité.
Mais, Victor ne revient pas... ce capitaine... Eh
bien, ce capitaine... je ne sais pas trop pourquoi...
C'est égal, me voilà beaucoup plus tranquille ; attendons Victor, et plaisantons-le d'avoir seul été
la dupe... (*On entend un coup de feu.*) Dieux !
le signal convenu ! je me suis trompé. Victor, je
cours te venger. (*Il sort précipitamment.*)

SCENE IX.

ANGELINA , *entrant par la porte masquée.*
Elle est en femme.

Ah ! ah ! ah ! il va chercher le prétendu capitaine ; je ne crois pas qu'il le rencontre dans le
parc... Ah ! je suis laide ! voyez un peu l'imperti-
nent !... J'ai manqué paraître tout-à-coup.

Air : *Au temps passé.*

Quand vous jugez que je ne suis pas belle,
  Vos arrêts ne sont point suivis,
  Sachez que mon miroir fidèle,
  N'est pas, monsieur, de votre avis.
  Vous n'êtes point, je le parie,
  Ce parent que je cherche envain,
  Lorsqu'on ne me croit pas jolie,
  On ne peut être mon cousin.

Ce serait donc Victor... je le voudrais... Le son de sa voix a je ne sais quel charme.... Et puis, dans les bals où je les rencontrais tous deux, les regards de Victor semblaient me dire : que je serais heureux de vous plaire ; ceux de Félix disaient presque je vous plais... et malgré l'opinion de certaines femmes de ma connaissance, j'ai toujours eu pour la timidité le penchant le plus raisonnable.

Air de M. Doche.

Le fat jamais ne fait que nous montrer
  L'amour qu'il a pour sa personne ;
L'amant timide est heureux d'inspirer
  Un peu de l'amour qu'il nous donne.
L'un en vainqueur a souvent exigé,
  Avant l'attaque une couronne ;
L'autre toujours veut être encouragé....
  Et nous avons l'âme si bonne !

Il est donc bien décidé... Mais ce ne sont que des conjectures, et le hasard peut en avoir autrement ordonné. Ne désespérons pas cependant de connaître d'Hérigny : il serait humiliant pour une femme de ne pouvoir surprendre le secret de deux jeunes étourdis. Je les entends... Rentrons encore une fois, et méditons l'entrevue que je vais me procurer avec eux.

(Elle rentre par la porte au tableau.)

SCENE X.
FÉLIX, VICTOR.

FÉLIX.

Embrassons-nous encore ! D'honneur, j'ai trem-
blé pour ta vie.

VICTOR.

Et moi donc, je cherchais partout ce capitaine ;
j'entends un coup de feu ; je crains une trahison ;
je crains que tu n'en sois la victime ; j'accours...

FÉLIX.

Et tu me rencontres cherchant l'ennemi commun.

VICTOR.

Le lâche !

FÉLIX.

Il a eu peur de moi.

VICTOR, *avec ironie.*

Je le soupçonnerais.

FÉLIX.

Tiens, Victor, nous ne sommes pas en sûreté
ici.

VICTOR.

Ainsi ton avis serait...

FÉLIX.

De nous en aller.

VICTOR.

Et nos belles invisibles ! tu ne te sens pas la curiosité de les voir, l'envie de les mettre sur ta
liste ?

Air : *Monsieur de Catinat.*

Lorsque mainte victoire
T'illustre à jamais,
Dédaignes tu la gloire
D'un nouveau succès.

Craignant une défaite,
Un brave soldat
Fait il jamais retraite
Au moment du combat !

FÉLIX.

Non, parbleu.

Air : *Eh ! ma mère, est-c'que j'sais ça.*

D'approcher mon adversaire
Moi j'ai toujours eu grand soin,
Et je ne sais comment faire,
Pour vaincre les gens de loin.
J'éprouve un dépit extrême,
Quand la beauté fait mes traits,
Car c'est l'ennemi que j'aime
A combattre de plus près.

VICTOR.

Raison de plus pour l'attendre de pied ferme.

FÉLIX.

Non, mon ami. Tiens, je renonce au métier de conquérant ; l'ambition est éteinte dans mon cœur, et je cède à la voix touchante de l'humanité.

Air : *Vaud. de Voltaire chez Ninon.*

Je ne suis plus de ces vainqueurs,
Cherchant des conquêtes nouvelles,
Las de tyranniser les cœurs,
Je laisse respirer les belles.
Je mets un terme à mes succès,
La clémence ajoute à la gloire ;
Il est beau de donner la paix,
Quand on est sûr de la victoire.

VICTOR.

C'est très-généreux, mais moi qui n'ai pas encore tyrannisé les cœurs, je ne dois pas au monde l'exemple d'un sacrifice aussi héroïque, et je ne quitterai ce château que lorsque j'aurai vu cette charmante Angélina, qui sans doute est la dame de Lyon.

FÉLIX.

Il faut donc te faire un aveu pénible. Ce que nous éprouvons ressemble à une mystification ; nous sommes les jouets de je ne sais qui ; tantôt c'est une Juliette qui nous fait parcourir tout le parc ; tantôt une Angélina qui nous apprend son joli nom, sans nous montrer son visage qui n'est peut-être pas joli ; des éclats de rire indécens ; un maître d'hôtel qui oublie notre déjeuner ; un capitaine qui nous provoque, et ne se trouve pas au rendez-vous : on nous prend pour des écoliers. Fuyons ce maudit château, où des jeunes gens de notre mérite sont évidemment compromis, et volons à Paris ; c'est là que, trouvant enfin notre cousine d'Amérique, nous passerons dans l'abondance et les plaisirs une vie dont le séjour que nous avons fait en ces lieux a peut-être terni l'éclat.

VICTOR.

Quoi ! tu ne veux pas mettre à fin cette aventure périlleuse ?

FÉLIX.

Je vais faire ma malle.

VICTOR.

C'est-à-dire ton paquet. Allons, je vais faire aussi le mien.

FÉLIX.

D'abord, je remets la bourse... elle ne nous appartient pas.

VICTOR.

Et le portrait ?

FÉLIX.

C'est différent ; je ne rends jamais un portrait.

VICTOR.

Par droit de conquête ?

FÉLIX.

Non, pour me rendre compte à moi-même...

VICTOR.

J'entends.

Air : *Voici la St.-Crépin, mon cousin.*

Que tu sois écouté ,
Rebuté ,
Après mainte avanture ,
Pour meubler en détail.
Ton sérail ,
Tu conserves mille attraits
En portraits ;
La race future
Verra dans ces traits
Tes conquêtes en peinture,

FÉLIX.

Du persifflage... Eh bien , soit, voici le portrait. *(il le met sur la table avec la bourse. Parlant très-haut.)* Mesdames , nous n'avons plus rien à vous.

VICTOR , *élevant la voix.*

Adieu, château mystérieux.

FÉLIX , *de même.*

Adieu, lutins invisibles.

VICTOR , *de même.*

Adieu, cruelle Angélina.

(il entre dans sa chambre.)

FÉLIX , *de même.*

Adieu, capricieuse Juliette.

(il entre dans sa chambre.)

SCENE XI.

ANGÉLINA, *entrant par la porte du milieu.*

Non, Messieurs, vous ne partirez pas, et me direz lequel de vous deux est d'Hérigny... Ils font chacun leur modeste paquet ; ce ne sera pas long ; asseyons nous et préparons nous à les recevoir.

(Elle s'assied.)

SCENE XII ET DERNIERE.

ANGÉLINA, VICTOR, peu après FÉLIX.

VICTOR, *son petit paquet dans un mouchoir, une canne et un chapeau.*

Es-tu prêt, Félix ? Que vois-je ! c'est elle !
(Il jette son paquet et son chapeau sur la table.)
FÉLIX, *même paquet, même costume.*
Eh bien, me voilà. O ciel ! la dame de Lyon.

VICTOR.

C'est vous, charmante Angélina !

ANGÉLINA.

Messieurs, pourriez vous me dire...

FÉLIX.

C'est vous, adorable Juliette !

ANGÉLINA.

Mais, Messieurs, je voudrais savoir...

VICTOR, FÉLIX, *chacun d'un côté.*

Air : *De la bagatelle.*
Nous brûlons pour vous,
Mais l'un de nous,
A votre choix
Peut seul prétendre,
Puisque la plus tendre,
Ne peut prendre
Qu'un seul époux à la fois.

FÉLIX.

De l'un de nous deux,
Comblez les veux.

VICTOR.

Mais vous allez faire un malheureux.

FÉLIX.

A l'arrêt formel,
Doux ou cruel,
Oui, sans appel,
Moi, je souscris.

VICTOR.

Moi, j'obéis.

Ensemble.

Nous brûlons pour vous, etc.

F

ANGÉLINA.

Ce langage m'étonne autant que votre présence;
Messieurs, j'espère que vous voudrez bien m'apprendre le motif...

VICTOR.

Cessez, de grace, de vous faire un jeu cruel de
notre situation.

ANGÉLINA.

Veuillez vous expliquer plus clairement.

FÉLIX.

Vous ne nous avez pas fait égarer hier soir à la
porte de ce château ?

ANGÉLINA.

Quelle folie !

VICTOR.

Et cette voix si douce, la vôtre, je crois, qui
m'a fait entendre le nom d'Angélina ?

ANGÉLINA.

Je ne connais pas ici d'écho.

FÉLIX.

Et ce capitaine qui est venu nous provoquer ?

ANGÉLINA.

Vous lui avez sans doute fait mordre la pous-
sière.

FÉLIX.

Vous ne nierez pas cette bourse jetée à nos
pieds. Je vous jure que nous ne l'avons pas ap-
portée.

VICTOR.

Vous reconnaîtrez sans doute ce portrait en-
chanteur ?

ANGÉLINA.

Mon portrait...je devine tout...c'est mon amie...
une étourdie, une inconséquente qui habite avec
moi ce château ; c'est elle sans doute qui a con-

duit tout cela... Ah ! Messieurs, que je vous dois
d'excuses !

F É L I X.

Madame...

A N G É L I N A.

A quoi ne vous exposait-elle pas... Vous vous
serez crus peut-être en bonne fortune.

V I C T O R.

Madame...

A N G É L I N A.

Destinés aux grandes aventures.

F É L I X.

Madame...

A N G É L I N A.

Mais je vais tout réparer ; vous ne connaissez
sans doute pas les chemins , je vais donner l'ordre
que l'on vous reconduise...

F É L I X.

Nous ne sommes pas pressés.

A N G É L I N A.

Pardonnez moi ; je sais ce que c'est que des
voyageurs comme vous.

Air : La biondina in gondoletta.

Penant le plaisir pour guide ,
Peut-être alliez vous grand train ;
Dans votre course rapide
Ne restez pas en chemin.
Quelques belles,
Très fidelles ,
Vous appellent à Paris;
Ah ! dois-je exciter leurs cris ,
Et me brouiller avec elles
Et gardant leurs favoris.

V I C T O R.

Quelle est votre injustice.

A N G É L I N A, à part et regardant Victor.

Ah ! si c'était lui !

VICTOR.

Rappelez vous l'intérêt que vous daignâtes me montrer chaque fois que j'eus le bonheur de vous rencontrer à Lyon.

FÉLIX.

N'oubliez pas que mes assiduités ont paru vous être agréables.

VICTOR.

Prononcez, charmante Angélina.

FÉLIX.

Juliette, peut-être, car Madame ne nous a pas dit son nom.

ANGÉLINA.

J'ignore encore les vôtres. Il me semble, Messieurs, que votre confidence doit précéder la mienne ; mais qu'importe... c'est vous, c'est moi. D'ailleurs je ne suis pas du tout curieuse.

VICTOR, *après avoir fait un signe à Félix.*

On m'appelle Victor.

FÉLIX, *de même.*

Moi, Félix.

ANGÉLINA.

Voilà de fort jolis noms. Je vais imiter votre franchise : on nous appelle Juliette et Angélina ; mais nous avons adopté l'usage des noms de famille.

VICTOR, *après un signe à Félix.*

Les nôtres, madame...

ANGÉLINA.

Je conçois que l'on est souvent forcé de cacher le sien ; les jeunes gens par exemple. Le chapitre des intrigues, celui des créanciers, les affaires d'honneur... celle là surtout exigent de la prudence.

FÉLIX, *à part.*

Encore ce duel !

(45)
V I C T O R , *à part.*

Que veut-elle dire ?
A N G É L I N A.

Mais prenez garde aux femmes.
F É L I X.

Comment, madame...
A N G É L I N A.

Eh ! sans doute ; vous ne savez où vous êtes, vous ne savez qui je suis , tandis que moi . . . *(à part.)* Je n'en sais guères plus. *(haut.)* Il faut donc venir à votre secours ; quitter l'*incognito* qui vous désole , et vous apprendre que l'une de nous deux se nomme d'Hérigny.
V I C T O R et F É L I X.

D'Hérigny !
A N G É L I N A , *à part.*

C'est singulier, ils n'ont pas été plus troublés l'un que l'autre.
V I C T O R.

Quoi ! nous sommes dans le château de madame d'Hérigny.
A N G É L I N A.

C'est possible.
F É L I X.

De cette dame qui long-tems habita l'Amérique.
A N G É L I N A.

Elle en est revenue.
V I C T O R.

Et vous seriez vous-même...
A N G É L I N A.

Je ne dis pas cela. Je vous prends pour modèles, Messieurs, et je ne soulève qu'à demi le voile mystérieux qui nous couvre ; mais j'étais bien sûre de la surprise que vous causerait ce nom... Je soupçonne qu'il est de votre connaissance.

VICTOR.

En effet.

FÉLIX.

Oui, madame, nous avons beaucoup connu dans nos voyages un jeune homme qui s'appellait ainsi.

ANGÉLINA, *à Félix, avec intention.*

J'aurais parié que vous avez voyagé avec lui.

FÉLIX.

Tu t'en souviens, Victor?

VICTOR.

Comme si je le voyais en ce moment.

ANGÉLINA.

Quelle mémoire! Eh bien, Messieurs, on dit qu'il est notre cousin.

FÉLIX.

Votre cousin?

ANGÉLINA.

De mon amie ou de moi, n'importe; nous le cherchons depuis long-tems... On nous en a dit beaucoup de mal; nous ne pouvons mieux nous adresser qu'à vous pour fixer notre opinion à cet égard.

FÉLIX.

Moi, je ne saurais en parler favorablement, on pourrait me taxer de partialité.

ANGÉLINA, *à part.*

Serait-ce Félix?

VICTOR.

Il ne m'appartient pas non plus d'en faire l'éloge.

ANGÉLINA, *à part.*

Ils ne parleront pas. Allons, la dernière épreuve. (*haut.*) On prétend que l'esprit de contradiction est quelquefois celui des femmes. Le mal qu'on nous a dit de notre cousin nous en a fait penser du bien ; le caprice et la curiosité s'en sont mêlés, et nous avons pris toutes deux la résolution de nous disputer son cœur.

VICTOR et FÉLIX.

Ah! Madame!... quel bonheur!

ANGÉLINA.

Un moment, en attendant que je vous présente à mon amie, je dois vous faire part de la différence qui existe entre nous.

Air : *Vaudeville du Petit Matelot.*

L'une est dit-on jolie et sage.

FÉLIX.

Jolie, ah! sans doute c'est vous.

ANGÉLINA.

L'autre a la richessse en partage.

VICTOR.

Ce n'est pas un attrait pour nous.

ANGÉLINA.

L'une cherche toujours à plaire.

FÉLIX.

Vous y réussissez au mieux.

ANGÉLINA.

L'autre est étourdie et légère.

VICTOR.

Ce n'est pas vous.

ANGÉLINA.

Non, c'est nous deux.

VICTOR.

Ah! de grace, faites cesser notre incertitude; daignez nous assurer que d'Hérigny sera l'heureux mortel que vous choisirez.

ANGÉLINA, *à part.*

C'est Victor.

FÉLIX.

Prononcez, Madame, cédez à notre juste impatience.

ANGÉLINA, *à part.*

Serait-ce Félix? *(haut.)* Eh bien, oui, Messieurs, c'est d'Hérigny.

FÉLIX, *se jetant à ses pieds.*

Ah! Madame, ce mot charmant vient combler mes vœux, vous me voyez dans une ivresse!...

ANGÉLINA.

Que dites vous? quoi! Monsieur, vous seriez....

FÉLIX.

Oui, Madame, le plus heureux des hommes, puisque vous venez de prononcer le bonheur de mon meilleur ami. *(il se lève.)*

ANGÉLINA, *à part.*

Je respire. Il m'a fait une peur!

VICTOR.

Oui, je suis d'Hérigny. Parente ou étrangère, Angélina ou Juliette, riche ou privée des dons de la fortune, vous serez toujours celle que j'aimerai jusqu'à mon dernier soupir.

ANGÉLINA.

Je suis payée pour croire aux pressentimens; mais ce château vous appartient, Victor; j'ai des comptes à régler avec vous, car je suis Angélina d'Hérigny...

FÉLIX.

Heureux coquin! de la fortune et une jolie femme, c'est charmant; mais, belle cousine, vous n'êtes pas quitte envers moi; vous sentez bien qu'il me faut ma part du bonheur général, et votre amie, l'aimable Juliette?

ANGÉLINA.

N'est que ma femme de chambre.

FÉLIX.

A merveille... Ainsi le capitaine?

ANGÉLINA.

Comment trouvez-vous que j'aie joué son rôle?

FÉLIX.

Comme un diable.

Air :

Vous nous traitez avec malice,
Mais mon ami ne s'en plaint pas.

Nous avons fait de l'exercice,
Et moi seul j'ai perdu mes pas.
Par maint prestige,
Par maint prodige;
Vous nous avez abusés,
Amusés ;
Dans ce manège,
Au sortilège,
En esprit fort,
Je n'ai pas cru d'abord ;
Mais j'avais tort,
Et je confesse
Que cette asile est enchanté;
Pour moi plus d'incrédulité,
Je vois l'enchanteresse.

VICTOR.

Comment donc avez vous su mon duel avec le comte de Rinville ?

ANGÉLINA , *après avoir pris sur la table le journal de voyage.*

VAUDEVILLE.

Air :

Pour vous étonner , messieurs , rien
Ne manquait dans mon hermitage ;
Mais il me fallait un moyen
De vous lutiner davantage ;
Vous m'avez tout appris,
N'en soyez pas surpris ;
J'ai pris,
En femme sage,
Pour vous faire voir du pays,
Un journal de voyage.

VICTOR.

Ah ! le bon tems où les Français,
Preux chevaliers , amans fidèles ,
Par vanité n'allaient jamais
Courir après toutes les belles !
De ces vieux troubadours,
Les amàns de nos jours,
Frondant l'antique usage ,
Font du journal de leurs amours
Un journal de voyage.

F É L I X.

Pour vaincre nos braves guerriers,
De voyager ont pris l'usage,
Et moissonnent tous les lauriers
Qu'ils rencontrent sur leur passage.
  L'histoire en parlera :
  Mais il ne lui faudra
  Tout au plus qu'une page ;
Pour les vanter elle écrira
  Leur journal de voyage.

A N G É L I N A, *au public.*

Vers le pinde l'auteur s'en va ,
Sans espoir d'arriver sans doute ,
Vous avez accueilli déjà
Quelques nouvelles de sa route.
  Indulgens de nouveau,
  Messieurs , par maint *bravo* ,
  Empêchez cet ouvrage
D'être le dernier numéro
  Du journal du voyage.

FIN.